U0016115

安好誌

著——白安

AUTUMN

WINTER

前言

兩年多前，有一天我的經紀人小史說有一個很特別的邀約問我有沒有興趣，圓神出版社寫信來詢問我有沒有意願寫一本書關於《安好誌》的書。那段時間我剛裝潢好新家正準備搬進去，這是我人生第一次擁有自己的房子獨立生活，我對一切充滿期待，同時也正剛好在寫第四張專輯的歌。

寫歌跟寫散文的邏輯很不一樣，寫專輯的歌詞時，會因為主題與旋律的限制，文字常常沒辦法那麼自由。相對來說寫詩或散文空間就大很多了，因為可以不用拘泥方向（謝謝出版社沒有給我太多要求哈哈），沒有太多規矩，可以很簡短，也可以很冗長，寫它們對我來說更沒壓力，感覺會是我創作裡另一種很好的調劑。

我幾乎想都沒想就答應邀約了，完全沒意識到這是多麼難的一件事，直到跟出版社開完會後，我才意識到自己到底答應了什麼。

我不是作家，人生也還沒到達一個已經擁有很多經驗，值得分享給世界的階段。我沒有辦法寫一些厲害的人生指南，也沒辦法寫那些沒發生過的事情。大家都說三十歲是人生新階段的開始，我很幸運可以用這樣的形式記錄這些年寫過的一些文字，也謝謝出版社包容我的緩慢。我實在太害怕了，總是希望能再累積多一點內容。

《安好誌》寫的其實並不全然是安好，生活裡還是有太多起起伏伏的時刻，很多時候還是很難不被情緒左右，但練習記錄的過程幫助我重新釐清感覺整理感受，我也開始慢慢信任眼前發生的所有事物都有它存在的必要。

發現美好是需要練習的，如果認不出美好，再好的事發生也不會懂得珍惜。對我來說《安好誌》永遠不會有寫完的一天，只要還在生活裡，每一天都值得細細體會。

當下即是安好。

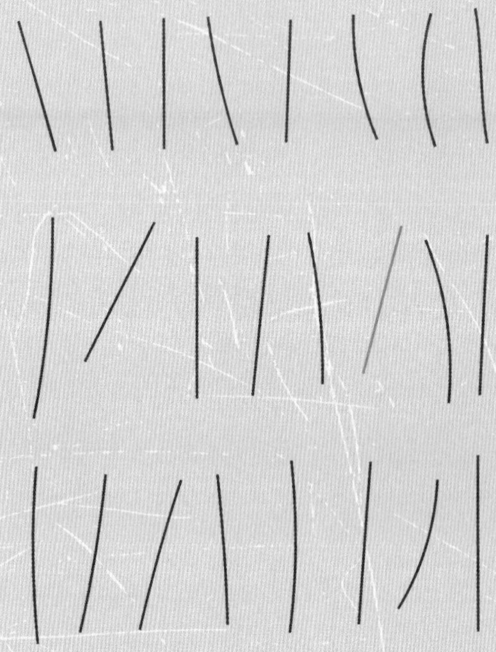

SPRING

我們總在等待
一生一次蛻變的舞台
努力在雨天尋找
那未知彩虹的到來

九二七

二十八歲那年的我
很期盼今天的到來
我想像過我會在冰島迎接日出
在相機裡留下很多彩虹的照片
在空無一人的天地跳舞
再率性躺進漫無邊際的雪地

但三十歲的今天
我沒在極夜中聽見任何鳥鳴
也沒在鑽石沙灘上拾起任何一塊冰

更沒在極光面前將願望拋擲進去

我在另一座城市
平靜的甦醒
接受了命運隨機的習題

期許自己變得更柔軟
更堅定
更享受生命帶來的衝擊

期許自己更寬容
更有彈性
更踏實的去愛
更慷慨的去給予

我要感謝困惑
因為這代表
我正走在蛻變的道路上

六人行

我希望
我有
Chandler的責任感
Joey的樂天
Monica的潔癖
Rachel的性感
Phoebe的特別
Ross的專一

我希望

我能
看得見每個人的優點
並將所有缺點視為特點
擁有像他們一樣緊密的友情
不勉強任何人的心意

自助洗衣店

我喜歡靜靜的坐在你身旁
看著衣服在洗衣機裡滾動
一起等待髒衣服變乾淨
再一起把濕透的衣服烘乾

在有限的時間裡明白局限
在局限的條件裡學會應變

髒掉的衣服不會再更髒了
就像已經濕透的衣服也不可能再更濕了

而我求什麼
又把衣服洗了一遍
只為了在你身旁待久一點

你一定很想我吧

你一定很想我吧
從我們說再見的那天開始
你抬頭看見月亮時
會不會還是很欣慰
至少我們還仰望同一顆月亮

談不上多捨不得
但若有她陪你吃飯
陪你睡覺
陪你生活

我會更安心
我們都太需要在各自的生活裡
重新印證自己的生活

你一定很想我吧
如果回憶都是好的
再也不怕分開

樸實無華

我想起那個晚上
我們並肩坐在餐廳戶外的座位
喝著清酒
吃著晚餐
不知道是醉了還是怎樣
天上的月亮特別圓
我感覺我好像真的找到了誰
在月光下與他團圓吃飯
愛情讓我變得樸實無華

我有充裕的時間

我有充裕的時間泡澡
站在浴缸旁
看水慢慢注入
先加入全熱的水
再加入溫水
用手指試探溫度
再滴五滴薄荷精油
今天不點蠟燭
我有充裕的時間散步

寬鬆 t-shirt 配上運動短褲
在公園和幾隻友善的狗打招呼
沒有目的
今天不想被約束

我有充裕的時間閱讀
輕鬆小說或艱澀題目
在早晨醒來的時候
在夜晚獨處的時候
一字一句就算緩慢
讀不懂也沒關係
重點是投入

我有充裕的時間思考

每一個抉擇
每一條道路
往南或北
都不虛度

喜不喜歡
都是一種態度

我們都是這樣長大的

他沮喪的對我說
我不知道我在幹嘛了
我們都是這樣長大的
沒什麼好擔心的

你的渴望
停留在你得到的那一天

你的渴望
停留在你得到的那一天
擁有不足以讓你覺得安慰
你的快樂易燃也易滅
然後你又開始想毀掉一切

可是
你怎麼能確定
眼前的荒蕪

不會在春天
開滿花朵

你怎麼能確定
逝去的激動
不會成為
新的感動

走馬看花
終究
只能是愛的膚淺

你的渴望
若停留在你得到的那一天

你的生命
也會在那一天終結

電影類型

我記得在一片漆黑裡
銀幕裡的光
打在你的側臉時
你鼻子下的那塊陰影

我記得你手裡的爆米花
像天空裡的雲
吃起來黏黏的卻不甜膩

我記得你的手

牽起我的手的瞬間
我的心意再也無法透明

我記得我們看了場電影
不記得那部電影的劇情
我記得我一直在偷看你
你是我沒想過會喜歡的類型

倆人迷路

那天我們走了好久
其實要去的地方不遠
卻怎麼都找不到

那天我們聊了好久
其實該知道的都知道
只是話題繞啊繞

其實只要一個人有方向
兩個人就不會迷路

其實只要一個人夠清楚
兩個人就不會辛苦

0
3
0

0
3
1

SUMMER

沉溺在甜蜜點

再膩都不厭倦

閉上眼享受美好感覺

融化在甜蜜點

牛奶盒

你知道我早餐習慣喝拿鐵
家裡沒牛奶了
昨晚也忘記買

早上六點
半夢半醒之間
你說你要出門工作
剛剛幫我買了一罐鮮奶放在冰箱
我以為是夢
繼續睡著了

醒來後
準備要起床弄早餐
突然想起沒牛奶
我緊張兮兮的打開冰箱確認
明明還有一罐呀
我記性怎麼這麼差

仔細看了包裝
發現是新的日期
上面還應景的寫著母親節快樂

有時我會忘記
你對我的好是確切的真實

早上的夢不是假的
幸福不是理所當然的

安好誌

仙人掌

仙人掌
只要擁有一點點水
就足以支撐很長一段時間

它的蓄水能力很好
只要給它一點點愛
就會放在心裡
慢慢懷念

日子的乾旱

使葉子退化成刺
一層層包圍
要看起來堅強才不丟臉
於是學會了防衛

世界太大
好多未知等著去冒險
我總是想要離開
只要別留在原地　到哪都行
專挑難的事來經歷
似乎是我潛意識迷戀的遊戲

不夠難得我不要
不夠強烈的我不愛

很容易失去耐心
沒想過要失去你

仙人掌　還在那裡
仙人掌　對不起
不渴　不代表不需要水
尖銳　不代表沒痛覺

只是一種感覺

快樂　難過
興奮　失落
只是一種感覺
不會永遠停留

心碎　愧疚
撕裂　疼痛
只是一種感覺
看穿就能剝落

沒來由
也不需要結果
不嚴重
也沒必要閃躲

只是一種感覺
別想太多
只是一種感覺
讓它隨風

空窗期

其實不出門的日子也很好
就算一直這樣過下去也可以

我慢慢喜歡上雨天
喜歡上放空的感覺
一整天穿著睡衣好快樂
不洗臉刷牙也沒關係

廚房裡的香料越來越多
開始癡迷於各種異國醬料

沉溺在不同味覺的刺激

我可以整日不說話
不上網
有時會在客廳睡著
放縱自己熬夜看肥皂劇

偶爾還是會焦慮
擔心生活太平坦
會失去對生命的敏感與激情
但也只是偶爾
通常往感官上加層酒精濾鏡後
世界就會太平

突然好想打電話給他
告訴他
我好感謝他

不用回應
明天醒來我就會忘記
不上心就不會傷心

這樣很好

放著最愛的影集
躺在沙發
陷入思緒
墜入深夜

給時間一點空間
再給空間一點時間

睡著了
身體融進沙發海綿體

漂浮在世界的中心點
保持一點距離
一切都看得好清楚
最重要的你
最不重要的你
最深的渴望
最單薄的欲望

貓快樂的呼嚕聲傳進耳朵
不介意夢被打岔回到現實
隔壁的鄰居現在才回來啊
他在忙什麼呢
再也睡不著了

凌晨兩點的黑
什麼也看不見
那就聽音樂吧

這樣很好
不想說的都沒必要說

無意義的表達

吃了一頓無意義的晚餐
做了一些無意義的表達
帶著空虛的胃
缺乏感性的身體
結束寡淡的一天
在睡前對自己說
無論如何明天早餐必須吃得豐盛
無論如何明天都要見見有意思的人

糖果罐

始終沒有打開糖果鐵罐
就算不吃它　放著也挺好看的
包裝上印有一隻大象
牠的背上站著一隻叼著黑旗的鴿子
看起來笨笨的　不知道牠們想去哪裡
但牠們看起來很確定

搖搖罐子
曾經在裡面滾動的清脆聲消失了
應該是炎熱的夏天讓糖有些溶解

沒預料過會這樣
準確一點來說　應該是沒想過
也沒掛心過

找了一把鐵匙　用力扳開蓋子
時間好像凝固在透明的糖果裡
那是去年在日本的回憶
誰會想過現在去哪都不容易

只好吃顆糖　緩解一下情緒
管它過期沒過期

白色洋裝

我有一件很喜歡的白色洋裝
它穿起來很舒服
樣式也很簡單
有時起晚了趕著出門
沒時間想該穿什麼
都會穿上它

我們去過很多地方
經歷過高低不同的氣溫
短短幾個月裡

安好誌

密集的走過很多城市
那些我弄丟的東西
你們現在過得好嗎
這是我們的最後一張合照
我很想你

自然反應

喜歡沒有什麼道理
無法說明的天氣
想來就來的淘氣任性
突如其然的大雨

喜歡為何要有道理
討厭複雜的情緒
想愛就愛即時的反應
突如其然的相遇

像一陣風　自然的流動

安好誌

像雲飄過　自然的開闊
像樹穩重　像你愛我　沒有多餘的念頭
像雨散落　濕潤了沙漠
像光灑落　乾燥了午後
像魚渴望　冰涼的夢　沒有過分的要求

喜歡為何要有道理
放開邏輯的分析
愛情本是庸俗的東西
可庸俗是我快樂的祕密

喜歡沒有什麼道理
無法說明的天氣
愛上你是自然的反應
突如其然的奧祕

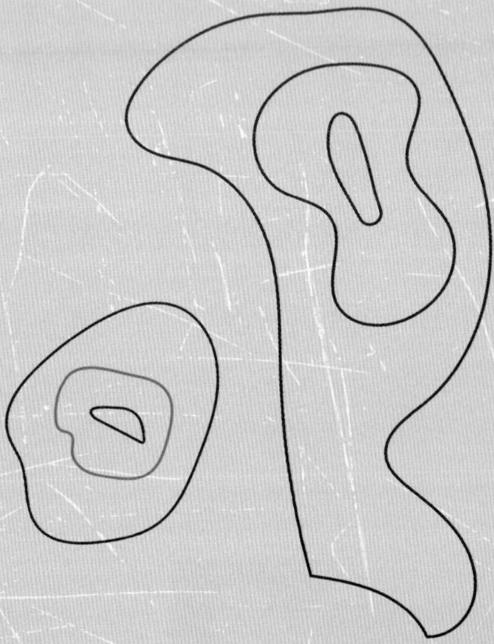

AUTUMN

也許我哪天回頭看
還是會選同個答案
也許時間不給答案
但對與錯都是為了證明愛

形

我始終相信
所有走過的路
都有它的道理
儘管我仍時常傷心
討厭未知不確定

脆弱是我
堅強也是我
已經習慣將顫抖的雙手
埋進口袋

隱藏我的不自信
假裝我的漫不經心

不能讓爸媽擔心
不能讓愛人發現
我對愛情的遲疑

有時連自己都不太相信
我是怎麼背叛我自己

樹葉有它的形狀
天空有它的模樣
我是誰
人群裡

我的孤單
值不值得擁有姓名

還沒想好

我知道時間一分一秒的過去
我快遲到
但我還沒想好
還沒準備好

還沒想好要用什麼笑容面對今天
還沒想好起床後
要如何讓腳掌貼穩地面

還沒想好牙膏該怎麼擠

才不會浪費

還沒想好要一口氣喝完咖啡
還是一口一口慢慢讓它在嘴裡涼掉
還沒想好出門開車還是搭捷運繞繞
還沒想好哪件上衣適合哪件外套

還沒想好
你不在的生活
我能不能過得好

不要定義

不要定義時間
不要定義內容
不要定義形式
不要定義相處
我愛這樣的模糊
沒有邊界
沒有束縛

不要定義快樂
不要定義嫉妒

不要定義誰贏
不要定義誰輸
我愛這樣的糊塗
少了貪圖
沒了包袱

就這樣
我不定義你
你不定義我
我能辜負你
你能辜負我

不會等你開口
不會為你預留

我們會
長長久久

安好誌

古北的派對

這裡沒有任何一張熟悉臉孔
我像一個誤闖另個平行時空的旅客
獨自坐在角落的沙發上
安靜的喝著杯裡的酒
聽聽他說的故事
再聽聽她與她的故事

如果是以前
我一定會拒絕這樣鬧哄哄的場合
但人在異鄉容易孤獨

還是需要在陌生的城市
找到新的歸屬

自憐成分

不是哭越大聲越心痛
喊越大聲越深刻
不說的那些才是真的
說出來的多少都有點自憐成分

沒有的遐想

有些人天生就活得很電影
和她相處　既危險又有趣
我們知道彼此的名字
卻從沒見過面

偶然一次工作機會
終於在北京見面了
我們一起吃了飯
到酒吧喝了點酒
聊聊台北跟北京

安好誌

聊聊她為什麼喜歡台北
我喜歡北京

她的眼睛細細長長的
講話聲音柔柔的
她說台北給她一種自由的感覺
我說北京給我一種因為渺小所以很激勵人心向上的感覺

我們都喜歡自己沒有的
我們都對沒有的比較容易產生遐想

離開前
她幫我在北京街上拍了張照片

什麼時候來台北
換我幫妳留張紀念

酒仙橋

他把房子退租了
帶著所有的行李
輾轉住在酒仙橋附近的各個酒店

一個禮拜住在 a
另一個禮拜住在 z
短的時候在一個地方住三天
長的時候在一個地方住兩週

他已經熟練到知道哪些地方的房間是朝南還是朝北

熟練到知道如何免費升等房間
怎麼精打細算省錢

他常失眠
常感受不到白天與夜晚的區別

他急迫的想知道
明年
後年
還是
大後年
什麼樣的生活
什麼樣的未來
才不枉現在

無暇的愛情

明明很久不見了
應該要很期待見面那一刻的緊張
應該要很期待你衝著我微笑時的燦爛
應該要期待再也捨不得分開

我很想你
我只是想著我和你
如此完整獨立的個體
誰都不需要另一個人完善自己

這就是所謂最美好的愛情嗎
不依賴不期待不傷感不懷疑
乾乾淨淨整整齊齊
沒有黏稠的汙垢
拉扯的情緒
所有一切如此透明
乾淨到我看不到這段關係任何的瑕疵黑點
理智到我懷疑這場相遇是精心設計

我受不了你太讓我做自己
從沒見過你生氣
或是我反映不了你的脾氣
我看不見你
才見不著你的真心

一不小心
就會顯得自己不可理喻

路名遊戲

那天
我們在玩一個遊戲
看誰能照順序背出回家路上
沿途所有經過的路名

我輸了
因為你總是牽著我的手回家
我只要跟著你
從來不需要記得路名

後來
你走了
我長大了
我不得不開始學會認得一些路了

我開始明白
在某些路上
你為什麼喜歡左轉
在某些地方
你為什麼喜歡停下

我能完整背出回家路上所有的路名了
可惜這串路名不是咒語
沒辦法帶我跳躍時空

回到過去
沒辦法讓我告訴你
我好想你

好像有什麼改變正悄悄的來襲

好像有什麼改變正悄悄的來襲
還說不清楚是什麼
只是一陣風吹來
熟悉的感覺已離去
新的環境
新的流行
新的偶像
連病毒都有新的學名
你逃不過季節的更替

逃不過雨水的襲擊
你就在這裡
站在暴風雨的中心
不知道還撐不撐得下去
不知道做自己
是不是太傻氣

好像有什麼改變正悄悄的來襲
還看不清楚是什麼
只是一覺睡醒
昨天已遠去

新的審美
新的話題

連為什麼在這裡
也不太確定

誰都逃不過季節的更替
躲不過雨水的襲擊

你知道你有你的命運
你知道不需要跟別人比
不要變壞就行

WINTER

沒有人寫歌給你過
但至少還有我在聽
無論好的歌壞的歌
因為你才存在

爸爸

爸爸離開的第四天
我什麼事情都不想做
好像什麼事都不做
時間就不會流逝
我就不會遺忘

在過去
我一直認為死亡是留給長滿皺紋的人的
直到身歷其境
聽見醫生宣判了爸爸的死亡時間

我第一次懂什麼才是心碎
爸爸的臉還這麼平滑
頭髮還這麼黑的
我怎麼樣都沒想到
在二十九歲這年
會失去他

十九歲的時候
我怎麼樣都沒想到
和爸爸剩下的時間
只剩十年

為什麼會這樣想我

你說
我沒嘗過漫長的等待
沒聽過揪心的笑話
沒看過疼痛的眼睛

現實的傷口
我不觸摸
愛戀的時候
我太淡薄

我不懂敏感的人
怎麼看待天空
我不懂受傷的人
為什麼會難過

我不懂簡單的話
為什麼要複雜的說
我不懂我愛的你
為什麼會這樣想我

無效分享

這歌　很好呢
可惜太長了
旋律　很好呢
可惜太難了
寓意　很美呢
可惜太深了
想法　很好呢

可惜太晚了

神祕的地方

陰雨綿綿的週一
車往深山開
直到手機收不到訊號的地方
沒有網路的世界
好平靜
在世界的中心
聽著山與自己的心跳

我可以被遺忘
也可以被想起
我可以恣意的成為風
或化為一場雨

當我選擇
被世界遺忘的那一刻
我找回了自己
當我選擇自己的那一刻
雨過天晴

好想當一顆石頭

有時好想當一顆石頭
不貪
不想
沒有過去
沒有未來
認分的在宇宙裡
沉默
置身事外

就算物換星移
石頭還是石頭
不會憤怒
不怕孤獨的古老存在

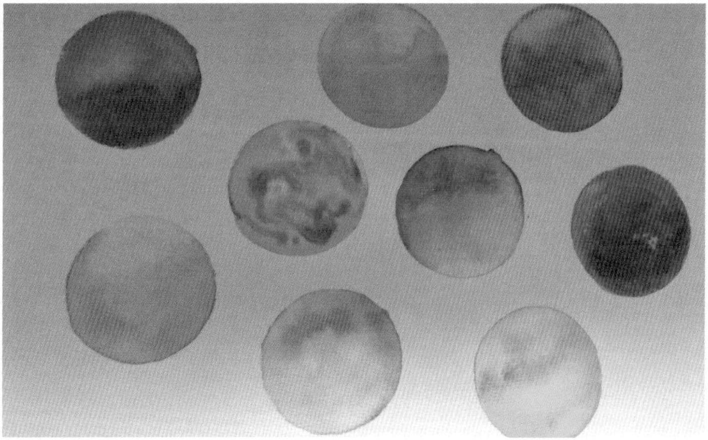

一小時的隨想

坐在電腦前
用手機倒數一小時
這一小時我要完全留給自己
不接任何電話
不關照外面世界

我就坐在這裡
只面對自己
設好倒數計時器

想法太多了
沒一樣深入探究過
我到底是誰
我是我興趣愛好的總和嗎
我的皮膚　我的骨頭　我的血液
構成的我嗎

曾以為只要找到解決問題的方法
人生就會一路暢通
但問題還是不斷湧現
一個解決完另一個又出現

找到對我好的人
他就會永遠對我好嗎

我跟曾經的我有什麼不一樣
那些我曾在乎的事現在還在乎嗎

長越大世界怎麼變得更狹小了
能說心事的朋友越來越少
好像也見怪不怪了

膽子有更大嗎
學會不重蹈覆轍了嗎
愛過多少人是否就恨過多少人
還是很難理解分手後為什麼還要當朋友
是對愛的理解太狹窄了嗎

好像沒那麼愛生氣了

個性更圓融了
開始會聽別人意見了
說穿了
是不是只是不夠堅持自我
對自己不夠把握呢

只有看到朋友結婚時
才會想起自己二十九歲了

在乎的事越小快樂是否也越小
想變快樂是否要再多給予一點

有沒有更確定自己喜歡什麼
如果沒有

是不是能明確知道自己不要什麼

開始容易把事情想得複雜
是因為需要承擔的事多了
還是變得貪婪了

寫到這裡才半小時
跟自己相處怎麼這麼難

社群網站老是讓我不安
還是不習慣把所有的生活心情文字公開

好多人在羨慕別人
羨慕別人的生活

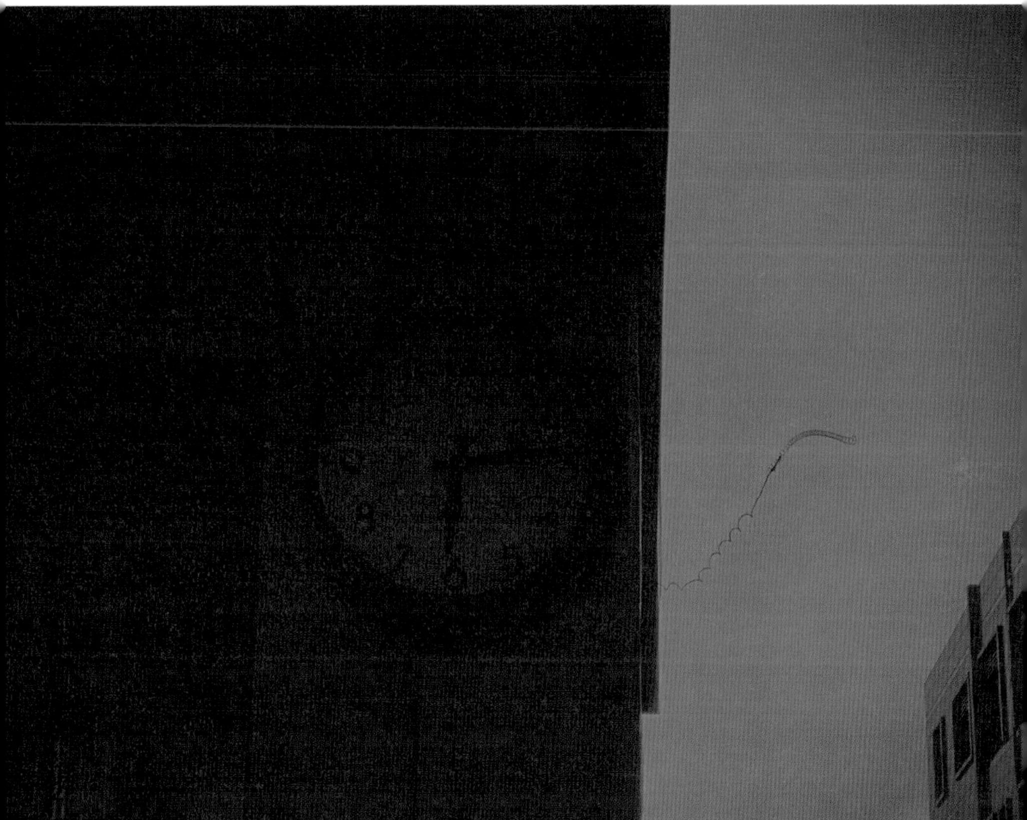

虛度自己的生活
好多人愛談論別人
對自己卻避而不談

還是挺佩服的
有些人怎麼就有這麼多事想表達
我為何就是不能像他們一樣

還剩七分鐘
我已經快寫不下去了
我只想跟自己說
不要再批判自己
我需要一些快樂的歌

安好誌

讓人充滿勇氣的歌
讓我發洩完
可以繼續正常生活

終於剩最後三秒
我毫不留戀的離開電腦前的自己

我們為什麼要在一起

每次都不記得吵架的原因
好像反覆都是同樣事情
像一部無聊的電影
你一句我一句
大部分的時間
都不懂台詞的意義
抓著對方的語病
踩下去

我恨你

安好誌

我愛你
然後又抱在一起哭泣
睡一睡
醒來又忘記

我們為什麼要在一起
你喜歡的事我沒興趣
我想去旅行但不想跟你

我們為什麼要在一起
我想要結婚但不是跟你
我不想要小孩
特別是跟你
除了吵架還能證明有一點在意

還有什麼樂趣
為什麼要給自己難題
為什麼要繼續

安好誌

十二月還是十二月，聖誕節還是聖誕節

有誰可以帶我重新認識台北
帶我重新認識世界
讓我重新發現我與世界的關聯

原來被雨淋濕的斑馬線
路燈打下來
積水的光澤還蠻美的嘛

原來我以前最討厭的炸雞

吃起來還蠻讓人心情舒暢的嘛

原來薯條撒梅粉
這麼簡單有層次的美味
被我遺忘這麼久了啊

我的右手臂
什麼時候又長了一顆痣了呢

醒的時間越來越早
白天　越顯長遠
原來台北的街道
有這麼多好看的樹呀

索性繞條遠路回家
那些你不喜歡的歌
還是讓我感動得想哭呀
那些你看不下去的電影
還是讓我高興得想尖叫呀
聖誕節　不管你怎麼說
都是溫馨的

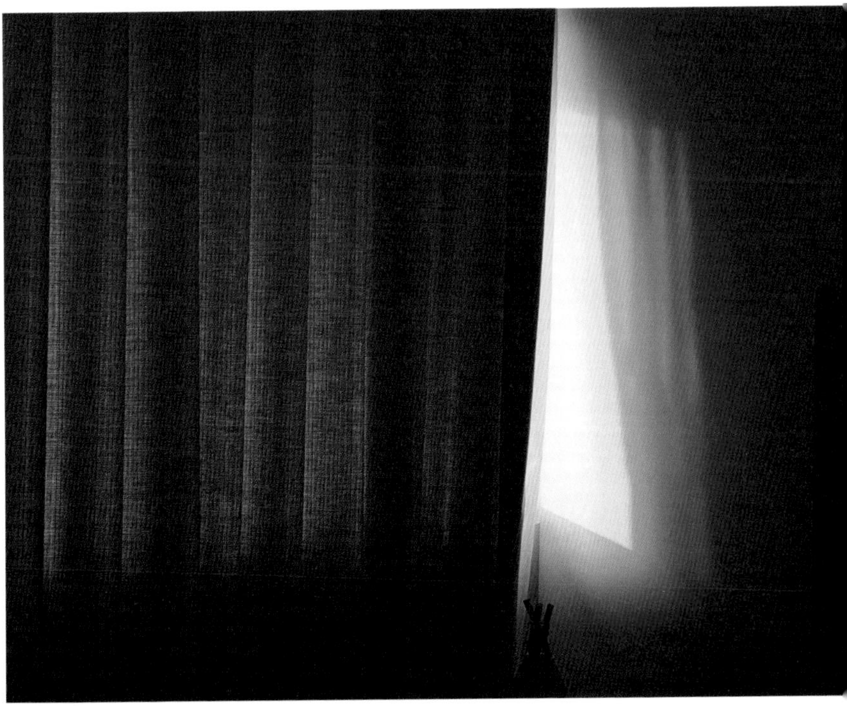

冬

十二月的盡頭
我們躺在灰藍的地毯上
聽著時間慢悠的晃過
我們在青春裡自卑自喜

一個人

寫歌是一個人的，生活是一個人的，路是一個人的，工作是一個人的，有很多人告訴我生命始終是一個人的，就算有了另外一個人，你永遠也只能是自己的，因為世界上沒有全然的感同身受，是嗎？可是我不想這樣相信呀。

半夜坐在客廳的黑色鋼琴前，一盞檯燈陪著我，馬克杯裡的水從熱放到涼，我一句歌詞都寫不出，很多話在心裡翻攪越久越容易詞不達意，越簡單的歌，越難寫，我還相信簡單的事情嗎？我還記得一段感情剛開始前，那種既脆弱又期盼的心情嗎？有時覺得自己還像個小孩，有時又感覺自己活了一百歲，對於那種拉拉扯扯的遊戲不再感興趣，我只想要喝一杯溫溫的水，不要太冰不要太燙嘴，不需要太耀眼。

有些人好像總覺得要過得夠悲慘才能寫歌，不夠痛苦就沒有感觸，很慶幸這樣的想法不存在過我的世界，一直相信只有當自己真正快樂時，才能讓周圍的人快樂，但我又不太想去申論快樂這件事，就像去談論生命的意義一樣，很怕自己陷入無限迂迴的空談裡。

我想要有一個人告訴我，
你不總是需要這麼堅強。

我想要有一個人告訴我，沒有關係。
一句沒有關係，居然可以這麼有關係。

上海隔離日記

隔離日記 DAY 1　　心情狀態：精神亢奮的累　　2021.6.12

到上海了，兩週前我還不知道我會在這裡，倉促做了一個果斷的決定，年初就有想搬去其他城市居住的念頭，但沒執行，台北的生活太舒適，有貓有愛有家人，就這樣平凡幸福的過日子好像也不是不可以，但偶爾會在某個瞬間，害怕平淡的自己，好像也還沒到那種凡事只講求舒服的年紀。

上次來到上海已經是兩年前了，疫情讓一切改變，我也是第一次在台北待上這麼久的時間，覺得再不離開舒適圈就會變得軟弱。不清楚這趟會離開家多久，最少五個月吧，最捨不得的就是那幾隻老貓了，像我這樣二十九歲還在努力理解自己的女生，朋友開玩笑的說，叫我以後不要養貓養狗，養烏龜好了，牠會活比較久，比較不需擔心錯過陪伴牠的時間。

隔離日記 DAY 2　心情狀態：平靜　2021.6.13

昨晚沒有失眠，沒有做夢，帶了平常習慣的枕頭，很快就睡著了。我的房間窗外看出去是黃浦江，前方有座紅色的大橋，來往的車輛沒停過。今天天空灰濛濛的，整個城市看上去有一種被柔焦的感覺，陽光穿不透霧霾，固執的籠罩著。其實我早就過慣隔離式的生活，在疫情時期還沒來前，就很習慣自己料理、網購物品，透過視訊與朋友家人維繫感情。我應該蠻擅長十四天不跟人接觸，想到可以暫時只見自己，內心其實很高興，只是以前沒機會做得這麼澈底。便當按時送來，好像小時候吃營養午餐的模樣，食物只要在前面加營養兩個字，瞬間就讓人沒胃口，菜單看起來多厲害，吃起來就有多暗淡，其實也沒那麼不好吃，只是長大後就不習慣被規範了。大到人生願景，小到早上喝咖啡還是茶，每件事都希望有選擇的餘地，其實活著也就喜歡特定那麼幾件事，也不是真的那麼叛逆，只是不想被約束而已。

今天是端午節，整天唯一見到的人是早上幫我量體溫的醫護人員，防護衣下只露出兩顆眼睛，確定我沒發燒後，就離開了。下午收到上海同事還有朋友寄來的包裹，裡面有粽子和一些食物，覺得好開心，一點都不寂寞。房間越來越有生活的痕跡了，鋪平的瑜伽墊，散亂的衣服，盡量保持正常的生活習慣，不要讓自己太鬆散，這世界上最難的事情，一是創造，二是持之以恆。房間裡的礦泉水一瓶是三三〇毫升，為了確保自己攝取足夠的水分，我把喝完的空瓶放在書桌旁的櫃子上，七個空瓶現在還差兩個。

上海的夜景比白天好看，到了晚上，許多在白天看起來像在沉睡的大樓一一甦醒，五顏六色的霓虹燈相互交談著，感覺要開始開派對了！到了第四天，心情開始悶了，昨晚睡得不是很好，醒來感覺肩膀僵硬，練了四十分鐘瑜伽，希望能讓身體舒適一些。把鍵盤拿出來彈，開始繼續整理歌了。隔離的新鮮感已消失，取而代之的是焦慮，感覺自己身處另一個時空，玻璃窗戶是螢幕，正在播放與我不同時區的影像。有朋友問我會不會開始無聊了？無聊是不會，但有點悶，開始想我的貓了。離開台北，一定要有更好的事發生吧，不然這一切到底又是為了什麼呢？

隔離日記 DAY 5　　心情狀態：微亢奮　　2021.6.16

七點就被急促的敲門聲叫醒，今天是第二次做核酸檢測的日子，頭髮亂糟糟急忙跑到門口，醫護人員也很可愛，肯定知道我還沒睡醒，檢測完還對我說：「好了！回去睡吧！」有鑒於昨日的心情低落，起床後我決定今天要有計畫的過，練瑜伽、冥想、看書、整理音樂檔案發給編曲，我還要試試晚上在房間錄demo。黃昏時我把房間的燈關了，拉開窗簾，看著時間隨光線慢慢經過。我住在二十六樓，窗外是高架橋，來來往往的車輛相遇又分開，我拿著麥克風，聽著耳機裡的吉他，望著窗外的景色，錄著歌。上次這麼長時間一個人盯著夜景是在二〇一一年的北京，十年後我在上海，心有沒有比從前穩定呢？

隔離日記 DAY 6　心情狀態：平靜　2021.6.17

時間過得好快，已經來到第六天了。今天是爸爸走後第四十九天，起床後唸了《金剛經》，中間一度覺得好難往下，唸到一半時胸口突如其然的湧上一陣悲傷。這陣子盡量讓自己不要往難過裡鑽，只是因為我知道爸爸會希望我好好的。

隔離日記 DAY 8　心情狀態：焦慮　2021.6.19

我開始感覺被世界遺忘，看著許多車輛來來去去，生命都在流動，但我無法動彈，像被凍結在時光膠囊裡。

隔離日記 DAY 14　心情狀態：焦慮　2021.6.25

幾天沒寫隔離日記，因為每天都太相似了。一下來到最後一天，隔離的第二週時間變得好快，房間偶爾會有陽光照進來，我會把瑜伽墊攤在落地窗邊，躺在上面晒晒太陽。我可以感覺到一絲緊張的情緒，因為太久沒離開台北，有太多未知在前方。十九歲的我以為，只要再過十年，就不會迷惘，但僅對了一半，舊的迷惘也許會隨風散去，但新的氣象，還是會持續製造出另一個，這是多麼平常的一種現象啊！隨著時間長大，頂多老練了，不再抗拒了，當迷惘來探訪時，能認分的為它泡杯茶，也許太陽下山了，茶喝完了，它會決定要走了，但它還是會回來的，而我也學會笑笑的。

失眠

我很討厭夜，我很討厭黑，我很討厭關上燈躲進棉被。

睡眠，是動物的本能，是上天賜予我們的天賦，但在某些時刻它成為我的心魔。無論我如何練習就是抓不到訣竅，每當我就差那麼一步已站在通往夢境那道大門時，總會有各種理由阻擋我進入，疲憊的身心似乎永遠不得安寧，大門總反鎖著，將我拒絕在外。

終於，因體力不堪負荷跌入無意識的黑暗中，頓時四周的一切都離我異常的遙遠，任何聲音都變得含糊不清，四周的燈光絢麗得讓我暈眩，就算平躺在我最熟悉的床上也無法辨別方位。意識模糊的我失去方向感，也許現在是躺在北極冰塊的表面，也許是漂在無意識的海平面。

整個世界都因海的波紋在搖晃，我的身體漸漸被海水淹沒。這一刻，我再也無須擔心任何細微的聲音被我以擴大器放大好幾百倍來檢視，我的身體總算在天亮時放鬆了，我躺在一個無聲的世界。

六百元

很久沒回台東了，我穿著一身黑衣服，搭最早的班機回去。天氣很悶，我的心空空的。下飛機後搭上計程車，把窗戶拉下來大口呼吸，風直直的打在我臉上，皮膚微微的刺痛。我對台東太陌生了，雖然爸爸是台東人，但我不認識那裡的街道，不認識那裡海的藍，我判斷是否快到阿嬤家的依據，甚至是從計程車上跳錶的金額，是否快跳到六百元來判斷。

阿嬤在我的印象裡很沉默，她的國語不太好，我們有一點語言上的隔閡，我對她既熟悉又陌生，熟悉的是她存在本身，陌生的是我好像從來沒明白過她內心的動態。阿嬤是一個擁有很少表情的人，她看起來總是淡淡的。以前每次回來她都會煮熱熱的麻油雞麵線給我吃，她應該很高興看到我吧？所以才想替我做些什麼，但我總是不太知道要和她聊什麼，只會默默的坐在她旁邊陪她看電視。只是靜靜的待在同個空間呼吸，也算陪伴嗎？阿嬤會不會對我很失望，難得回來一趟，卻不知道要與她聊什麼。

終於能勉強認出一些熟悉的街景了，遠遠的，我看到阿嬤家了。爸爸一身黑衣服，拿著拐杖站在門口，很久沒見到的表哥表姊也都回來了，我來到阿嬤身旁，她躺在冰櫃裡，就像睡著一樣。我沒有哭，我討厭自己哭不出來，我是不是太冷漠，為什麼我的心一點都沒起伏，我感覺置身事外。

一張一張蓮花紙，仔細對摺再對摺，一旦重複做同件事一段時間，身體與意識好像就會進入一種冥想狀態，我好像在這裡，也不在這裡，我能感覺到體內流動的情緒，同時又能抽離的看待自己。在院子裡，我慢慢與天空融為一體，我慢慢與大樹融為一體，我慢慢與蟲鳴融為一體，我慢慢與黃昏融為一體，我就是沒辦法與自己融為一體，我沒辦法走進我自己，我感覺不到我正在失去。我不擅長處理難過的情緒，我討厭難過的自己，討厭別人的同情，所以我一直緊緊把自己的心裹著，以為是在保護自己，其實只是讓心越來越缺乏彈性。

爸爸眼睛很腫，他這陣子身體也不好，杵著拐杖勉強與那些來見阿嬤最後一面的人鞠躬致意。終於，我哭了，我不知道，原來爸爸失去母親也會這麼傷心，我從沒留意，有段時間沒見的爸爸，也正在老去，而我一直都不善解人意。

一個多月後爸爸也走了，換我站在爸爸的告別式上，對來送爸爸最後一程的人鞠躬致意。好多都是我沒見過的人，從另一個層面來說，也許爸爸的朋友和學生都比我更認識他，他們口中的他，是我從未見過的模樣。我很愛爸爸，我很想爸爸，有多愛就有多遺憾，我們的緣分，原來這麼短暫。

沒有長頸鹿的日子

我是在木柵長大的小孩，動物園是我的後花園，有記憶以來我每年至少都會去一次，阿公的生日，我們常常會全家一起去動物園看猴子。

成為歌手前，我有過一段無所事事的空白期，等待是最消耗的，因為除了對心中渴望的事有激情外，其他的事一概不感興趣。那段時間，我沒事就跑去動物園閒逛，看看泡在水裡懶洋洋的河馬，看看躺在陽光下慵懶的獅子，我也很喜歡大象，但沒有什麼比得上長頸鹿，我最喜歡看牠長長的脖子與天空相接，如果天上有星星時，會不會因為脖子長，更能感受到浩瀚宇宙的擁抱。

趁著在北京錄音的空檔，和朋友約了去北京野生動物園逛逛。天氣很好，除了有點冷，一切都很舒服。園區門口正在用缺少低頻的喇叭播放入園歌曲。好幾隻草泥馬就在路口處等待遊客餵食，牠們的毛摸起來很厚重，好奇心很強，一不留神其中一隻草泥馬竟然吃起我的頭髮。我從來沒見過全白的老虎，牠的花紋像萬花筒一樣絢麗，白色的貓頭鷹讓我想起《哈利波特》中的嘿美，牠很高傲，只要有人喊牠名字馬上就把頭撇過去。動物們只是因為存在而存在的狀態讓我很安心，我常忘記存在也可以只是存在本身而已。

太掛念一個遙遠的目標時，會很容易對旅途感到焦慮。突然有點想家了，為了不讓自己變脆弱，我不能讓自己陷進去。

後來我幾乎把野生動物園所有能見到的動物都看了，就是沒去看每次快回到木柵，遠遠就能從焚化爐煙囪上看見的長頸鹿。

所有選擇都伴隨失去。

再見，房間

有陣子沒有回爸媽家住了，去年有了自己的房子後，還是第一次回去住。跟同齡人比起來，我也不知道自己算獨立還是不獨立，除了十九歲去北京錄第一張專輯的那段時光以外，我完全沒獨立生活過。

躺在以前的床上，熟悉感瞬間在體內蔓延。媽媽把我房間的擺設重新更動一遍了，把一些不會再用到的家具送人的送人，清掉的清掉，唯一還保留的是床跟衣櫃。我也不知道是不是錯覺，感覺房間的燈沒以前明亮了，書桌也不見了。前三張專輯有一半的歌我都是坐在那張桌子前，對著房間的牆寫的，它見過我快樂的樣子、沮喪的樣子、心碎的樣子、憤怒的樣子。

盯著天花板熟悉的紋路，突然想起已經不在的寵物。虎虎、熊熊、呆呆，牠們以前都會跳到床上跟我睡覺。當時沒想過會失去的，一個一個都消失了。

如果世界上還能有一個地方永遠都不變，該有多好，但連我都控制不了我的改變，還能強求誰呢？

今天是爸爸的頭七，他有回來看我們嗎？

幾個月後，媽媽把這個曾經的家賣掉了，我明白她現在沒辦法一個人面對空蕩蕩的家，而我在上海，沒機會和它好好告別。

想起好幾年前，有次我結束通告搭計程車回家，司機聽到我要去的地址時，驚訝地告訴我他以前就住在這裡。他是這間房子的第一個住戶，陽台上的冷氣機風口還是他裝的。

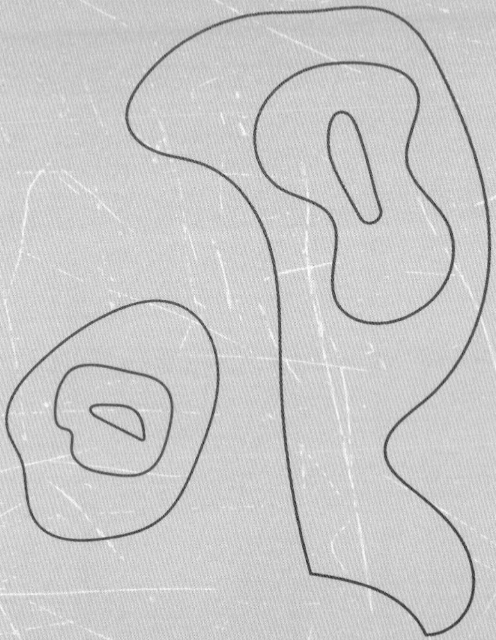

秋

或許麥田是個
讓你耕種微笑的地方
它讓我學會
用微笑當做人生的肥料

Nomad

我跟泯五年沒見了，我們的友情是因為某任對象的關係所建立的。因為平常也不住在同一個城市很少交集，跟那個對象分開後，更沒與他來往。我也不太確定他算不算我的朋友，因為他是和我曾經在一起過的人，從年少無知就一起玩的朋友，我感覺我跟泯是無法坦誠相見的，我感覺我跟他說的每一句話，很高機率，是不會被保密的。

傍晚的上海在下雨，我跟泯約在一個日本料理店吃晚餐。我是猶豫的，我知道如果我們見面了，難免會聊到過去，也過了好幾年該放下的早放下了，只是我心裡還有疙瘩，那段感情的結束，我一直是不被理解的那方，所以當時我不太與共同的朋友聯繫了。

我遲到了二十分鐘，我低估了下雨天的路況，到餐廳時泯已經先點了一些菜。好久不見的他圓潤了不少，從前消瘦的身形如今多了十公斤在身上，再也沒有比剛結婚兩年的心寬體胖，更能精準形容他了。

他說起他與太太的故事，那時他們在一起不到兩個月，在某個喝醉的夜晚，心血來潮就決定去領證。當時他身上只剩不到一萬台幣的存款，她還是勇敢的嫁給他，對此泯一直很感謝，一直說他太太是世界上最支持他的人。泯的前女友我也認識，雖然不熟，但多少也耳聞他們分手時鬧得很不愉快。也是好多年前的事了，有一些感情註定會失敗，不是因為距離、更不是因為第三者，只是因為走錯棚而已。

泯在這些年，也從一個玩樂隊的變成一個影像工作者。他笑著說，已經沒有從前玩樂隊時那種高傲的姿態了，他每次看到自己二十幾歲的照片，都會覺得當時裝酷的自己好尷尬。現在對形式上的事情，越來越不感興趣，只想踏實的活著，也比較能放過自己了。

他問我打算在上海待多久，我說我還不知道。他問我過得好不好？有沒有遇到新的對象？現在的我，其實好得不能再好，但在他面前我說不出口，好像會顯得過去的自己不曾真心過。我很開心還是與他見面了，見面後，我才發覺自己已經走了好遠。

餐桌上的盤子漸漸空了，杯裡的清酒也喝完了，過去的回憶不再濃烈。笑不出來的都豁然開朗了，閉口不說的，都侃侃而談了。我想到曾經在韓寒的書裡看過的一句話：「我們倆在一起，誰都到不了目的地。」不後悔付出，所有的經歷都是最好的經歷。

不能回頭的出租車上

好久沒聽見他的歌聲了，那個曾經讓我在高中瘋狂迷戀的樂團，那個曾經陪我度過漫長青春期的他，後來是怎麼一點一滴消失在我的世界，記憶已模糊。想不起來有多少年沒聽到他們的歌了。

十月的北京，夜晚已經很冷。計程車上的電台正在播放Placebo的新歌，我隨著歌的節奏與旋律搖搖晃晃在車上墜入回憶。那是一個潮濕的雨天，也許是週五，也許是週日，我搭著捷運，口袋裡放著好不容易存錢買到的演唱會門票，準備一個人出發去Placebo的演唱會。

我忘記當時為什麼沒有約任何朋友一起，可能周圍也沒什麼同學在聽他們的歌，反正我也不需要有人跟我共享回憶，因為能在現場聽到長年在耳機陪伴我的歌，已經是很振奮的事情。印象很深，當Brian Molko走上台時我哭了，他個子不高，聲音的能量卻很大，他也是其中一個啟發我想寫歌的人。我為什麼現在越來越難被打動了呢？

在不同的城市，在一輩子可能只會乘坐過一次的這輛出租車上，和十年前一樣在潮濕的雨天，遇見他的聲音。新歌聽起來沒過往迷惘黑暗了，感覺他們終於找到與陰天共存的方式了。

誰不是在遺忘中又記起，在記起時又遺忘。還好還有一個熟悉的聲音在那裡，還好他還有堅持下去。往前是必然的，遺忘也是可能的，就像明天我可能又會忘記現在開車載著我的司機姓雋，他有一對異常濃密的眉毛，一顆幾乎看得見頭皮的平頭。能一起走過一段，就值得感激。

深夜泡麵

每次有比較重要的拍攝工作前，我都會在前一週開始讓飲食變清淡，減少澱粉攝取。平常的飲食習慣也算健康，小時候家裡吃素，開始工作後雖然有吃肉了，但也吃不多，很少有主動進食肉類的欲望，倒是很愛吃蔬果，有些人害怕的青椒、苦瓜、茄子都是我的最愛，我也不愛零食和炸物，甜點跟沙拉會選沙拉，濃湯跟清湯會選清湯，但我偏偏很愛泡麵。

泡麵像那種有毒的情人，有它在生命裡好快樂，但那種快樂稍縱即逝，隔天醒來只剩滿滿的罪惡與水腫，緊接的是後悔，只好想辦法用一些方式彌補昨夜的放縱。一〇〇〇毫升的檸檬水加上大量的運動排汗，努力讓水腫消失，可是當身體恢復正常時，又會開始想念泡麵的滋味，反反覆覆，就此循環。

如果每一種食物都有最佳品嘗的時間段，在那個時間品嘗，它的美味與幸福度會達到最高值，泡麵的最佳品嘗時間一定是睡前的深夜。通常能實行泡麵計畫的夜晚，工作結束後我會去逛便利店，我好喜歡便利店，雖然小小的很快就逛完，對零食也沒特別熱愛，但好喜歡看各種零食的包裝還有背後的原物料，這讓我想起童年時爺爺常帶我去的便利店還有他常買給我吃的餅乾。我通常會在泡麵區停留最久，會依當天的心情挑幾款泡麵回家。記得有一次在結束一個壓力很大的工作當晚，我煮了四款泡麵，那種在深夜餐桌上，被喜歡的泡麵圍繞的感覺真的很幸福。我肯定吃不完，但只是想確保假如我不想吃湯麵了，我永遠還有別款麵可以選擇。

我最喜歡的泡麵是辛拉麵和維力大乾麵，很常在辛拉麵裡加入絲瓜、起司跟雞蛋，絲瓜讓湯汁的辛辣多了些清新感，吃起來更爽口開胃，維力大乾麵加上半熟煎蛋跟蔥花也是我一直吃不膩的療癒組合。

我不介意有時變胖，也不介意有時臉水腫，變胖才有變瘦的動力，水腫才有消腫後的成就感。頭髮長了就剪，短了就留長，生命本來就是不斷重複循環。因為努力所以能盡情懶散，因為懶散所以有動力繼續努力。我不需要很厲害的食物，只需要我喜歡的食物，我不需要一直很厲害，我只需要享受我的存在。

無聲的餐桌

那是一個屬於秋天的夜晚，我們三個人約在一個日本料理店吃晚餐。外面的氣溫大概是九度，我們餐桌上的食物，也是沒有太多溫度的沙拉和生魚片。

三人盤腿坐在不到一坪的和室裡，我們圍著餐桌，沒有人說話。各自若有所思，沉浸在自己的世界。偶爾服務生會進來幫我們倒茶，這時我們會短暫的回到同個空間，交談幾句，但句子與句子的空隙很長，在另一個對話出現前，之前的話題早散去。

房間裡最年輕的她不斷吞著雲霧，不知道為什麼，那些雲霧看起來很像她的困惑。困惑有時還挺迷人的，像起了霧的早晨，雖然看不清楚，但它卻有最初始的希望感與悸動。

隔壁包廂已經翻了一桌，還是沒人捨得破壞掉餐桌上的寧靜。

就這樣三個人，坐了三個小時。這樣的夜晚，不需要解釋。我們交流的不是語言，是內心活動的能量場。懂得就懂，不懂也不會怎麼樣。這是一個蔡明亮式的夜晚，說多就沒美感了。

離開前，忘了問誰結的帳。

不愛運動的人

有記憶以來我一直都是討厭運動的人，學生時期最不喜歡的就是體育課，不管桌球、網球、羽毛球，凡是球拍類的運動，我不是把球打偏就是揮了空拍。體育課很常要考試，這帶給我更大的壓力，我從來沒在學生時期體會過運動的樂趣。

成為歌手後，為了想讓唱歌變得輕鬆，我不得已開始慢跑。這是我第一次自發性運動，我花了很長時間慢慢理解，運動其實也可以是放鬆的個人活動，有時也覺得蠻諷刺的，好像越討厭什麼事情，它越會想辦法回到你的生命中。

比如我有時因長時間寫歌，一緊張背就容易痛，我試過一些藉由外力幫助的治療方式，但總是短暫的恢復又打回原形。我有一位好朋友是瑜伽老

師，她建議我可以去上瑜伽課，因為伸展可以解決大部分的背痛問題，我就這樣被連哄帶騙的練起瑜伽。

印象很深，某次課堂結束後，有位瑜伽老師對我說，她觀察到我在做比較簡單的動作時，很容易無聊，但當她教我難度比較高的動作時，我的眼神明顯興奮許多。

我從沒意識到這件事，她的一番提醒讓我瞬間想通很多我之前想不明白的事。我為什麼總是羨慕別人的平穩，又容易在穩定裡害怕？我為什麼總是想要平凡的生活，又害怕平淡的自己？其實所有的掙扎，追根究柢只是因為缺乏面對自己所需的魄力。自從那堂課結束後，我不再為這類的事困惑，我接受喜歡挑戰的我，也願意接受因為挑戰，可能失敗的我。

我試著去喜歡運動，我試著讓它成為生活的一部份，我接受它，不代表我需要熱愛它，但我知道它對我的好處，也許有一天，我會真正愛上它。

夏

讓我擁有狂放的自由
讓我逃離平庸的生活
當我想要飛抬頭即是蔚藍的天
未來皆屬於我

夏日泳池

夏天的泳池，陽光灑在水面上，偶爾有幾片落葉掉落水底，這是我最近最喜歡的景象。

我變了，以前好討厭游泳，現在居然樂此不疲。沒事的早晨，只要是好天氣，總是迫不及待換上泳衣跳進水裡。

水裡的世界好安靜，戴上泳鏡後每個人的臉孔都變得好像忍者，看不出任何表情，吐出的泡泡是唯一交流的痕跡。當所處的場景不斷重複，大腦好像會慢慢騰空，進入一種似夢非夢的情境。好像所有藏在靈魂裡的黑斑，都在水底光線的折射中，變得分明，可以看清楚哪些是真實情緒，哪些只是自己的假想敵。

不喜歡競爭，只想順著水勢往前游，專注數著呼吸，盡量不想泳池之

外的事情。偶爾也會有游不動的時候，後來我發現只要把注意力放在感受水的流動，用不強求的心態，不知不覺又可以多游好多趟，我的背也因此多了很多晒痕。

假日很常有小孩，戴著各種動物形狀的泳圈來到泳池，他們在水裡好容易興奮，小朋友的笑聲很療癒，不知不覺也會被他們的快樂感染。繁雜的生活裡，只要偶爾有幾個簡單明亮的畫面出現，就能讓普遍缺氧，單調無味的日常生活，瞬間生動起來。

前房客

門鈴響了很久，印象中今天沒有包裹要送來呀，會是誰呢？

我無精打采的打開門口的監視器，看到一個穿著白色t-shirt的陌生年輕男子站在門口。他長得很斯文，很著急的在打電話。

我剛搬來上海不久，對一切都還不熟，今天是我住進這個房子的第二天，我還在整理家裡，這時真的很不想與任何人交談，於是我忽視了鈴聲。我猜想他等下應該就會覺得家裡沒人就離開，但他並沒有，持續按了五分多鐘的門鈴，不間斷的在打電話，他看起來很苦惱，好像有什麼非今天解決不可的問題。

我還是上前應門了。他很訝異有人搬進來，但還是很有禮貌的對我說：「你好，我是之前住在這裡的房客，我有一些東西還沒取走，想過來拿路由器。」

房東跟我說過之前住在這裡的房客是香港人，但他口音聽起來完全不像。家裡的確有幾個陌生的路由器，我本來還想留著自己用呢。

我問他：「請問你是誰？你之前住在這裡很久嗎？」

他說他是溫州人，之前在這裡住了四個多月。我說不然你進來吧！你自己看看還有什麼東西要拿走。他問我什麼時候住進來的，我的租賃合約是怎麼簽的。接下來就是一連串抱怨房東的話。他說他之前的確在香港工作了四年，到上海後想要租一個比較像家的地方，但後來跟女朋友分手後，就不想一個人住在這裡，所以把房子轉租出去。

這是我人生第一次租房，而且第一次就在外地，我對一切都還沒什麼概念。我還算喜歡上海的家，因為明亮安靜，現在是夏天，坐在客廳裡寫東西還能聽見蟬鳴。

他發現我換了床墊，他說他也覺得房東附的床太硬了，他之前都睡不好。他說客廳的長木桌是他之前跟房東要求的，我說我就是看到了這個長木

桌才決定租了這個房子。

我們年紀看起來差不多，我們都在這個房子裡對自己有過一些期許，在不同的時空裡，不論長短，都曾有過留下來的念頭。

在沙發上看電視的我，在餐桌上吃東西的他，在陽台上晾衣服的我，在臥室睡著的他。

我不知道他的名字，只是作為不同時空裡，曾經分享過同個空間的前房客與現任房客。我在內心默默的對自己說，希望我能待得比他更久，希望這個地方願意留下我。

一週後我收到他寄來的包裹，他把之前搬家時帶走的一些浴架掛鉤送給我了，我把它裝上，希望接下來的生活，越來越得心應手。

牛肉咖哩飯

心血來潮，起床就很想吃咖哩飯。每次和朋友聊天提起，我是那種早餐就可以吃麵或飯的人，他們都很訝異，因為我長得比較像吃西式早餐的人。其實我也不知道他們是從外表哪部分判斷的，是我的鼻子？還是眼睛？還是平常說話的語氣？早餐吃吐司很方便，但我最愛的還是麵或飯，就算每天第一餐就這樣吃我也完全沒問題，但無論吃什麼，我都會想配上拿鐵。

今天天氣很棒，家裡光線非常好，既然身體很想吃咖哩飯，就來煮咖哩飯好了。有陣子沒買菜，翻翻冰箱，只剩下洋蔥跟蘋果。於是換下睡衣，走去鄰近的超市買需要的食材。我做了一些功課，咖哩有分很多種，我今天決定做的是牛肉咖哩。我參考了一個日本youtuber的食譜，我知道有些人會在咖哩裡加蘋果增加甜味，這我可以理解，但我第一次知道除了蘋果，也能用香蕉或芒果代替，食譜裡還出現紅酒跟黑巧克力，因為牛肉所以有紅酒我還孌可以理解，但黑巧克力我還真想不到。這個食譜應該很厲害吧，因為完全超出我的理解範圍。

好喜歡從無到有的過程，煮東西跟寫歌好類似，都是在創造，各種食材互相的化學作用，就好像是音符碰上情緒產生的反應。這個食譜做起來比想像中漫長，光第一個步驟，把洋蔥絲慢慢炒到焦糖化，就花了我四十五分鐘，還好剩下來的步驟沒那麼繁瑣，接下來就是把醃過的牛肋條煎一煎，用奶油把各種菇類炒到金黃色，把所有材料放進同一個鍋內，加水煮一個小時，最後再把咖哩塊跟蘋果泥丟進去就完成了。我用三個小時，煮了一鍋咖哩，應該夠我吃五天。五天吃完，我應該好一陣子都不會想吃咖哩了。

當我喜歡一件事情的時候，我會瘋狂的喜歡，直到我厭倦。當我迷戀一樣食物的時候，我會瘋狂的吃，直到麻痺了味蕾。愛上一個人的情況就複雜多了，老想著細水長流，卻做不到節制。像一場大雨，明明帶來豐沛的水量，卻忘記妥善分配，像寫小說時，在還沒寫到最關鍵的章節前，就把墨水耗盡，再也沒資格對著誰，繼續寫。

擁有紅氣球的蜜蜂

我見過刺青很隨意的人，也見過一些比較深思熟慮的人。我是屬於後者，因為容易衝動也容易後悔，我時常提醒自己要想久一點，待情緒高峰期過後，還想做再做。

有過幾次衝動，但一直缺乏明確動機，想刺的圖案也搖擺不定。我希望留在身上的刺青除了好看也要有意義，希望它經得起時間考驗，是對生命的一種祝福，甚至是一種美好提醒。我一直在等待一個不會三心二意的時刻，等待一個不會後悔的選擇。

蜜蜂用牠的腿品嘗花蜜，專注的活在當下每一步。紅氣球是牠的朋友，就算找尋的過程會孤獨，也要相信往前的自己。

也許緣份到了，我在北京遇到一位女刺青師，她的作品很繽紛還有些

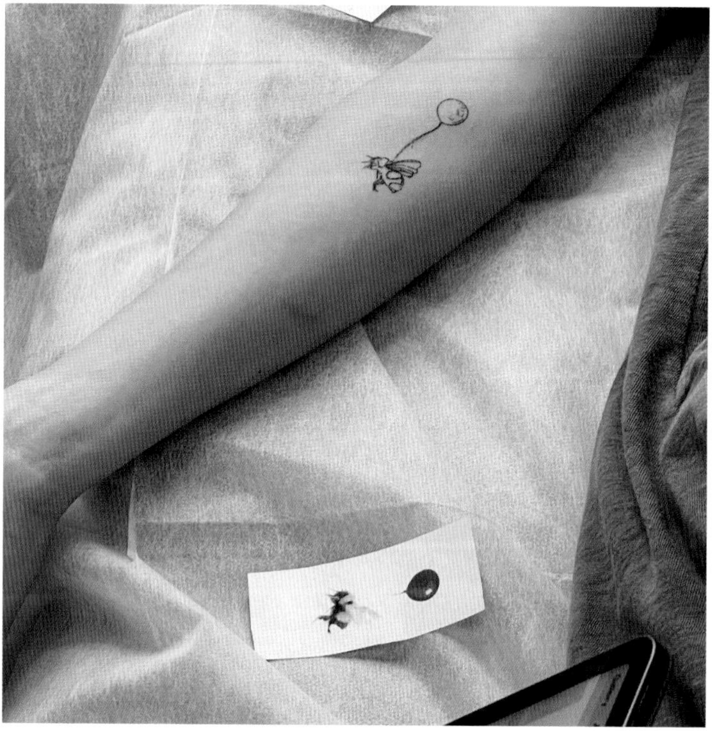

水墨感，可以很極簡也可以很細膩，我一向喜歡簡單並帶有禪意的東西，因為它讓我覺得生命與想像力可以生生不息。

刺青的過程和我想像的不太一樣，一點都不痛，甚至還有些搔癢，圖案不複雜，半個小時就刺完了，之後的第一週，我每天都需要用凡士林厚敷它，避免皮膚乾燥掉色。

偶爾我還是會忘記刺青的存在，這與熟不熟悉無關，也許就是因為它已漸漸成為我的一部分，我就理所當然的對它越來越不留意。我很喜歡我的刺青，也希望我會一直喜歡下去，就算哪天不喜歡了也沒關係，因為後悔也是一種印記，我更害怕在漫不經心裡失去感受力。

山上的孩子都在跳舞

如果有人問我，從小到大最快樂的時光是什麼時候，我想再也沒有哪段時光能媲美它的簡單明亮，自由踏實。那時眼裡的世界只看得見光，感受不到對立的黑。

小學一年級我讀的學校在偏遠的山上，全校學生不到三十位，班上同學也就五六個。媽媽因為在這所小學上班，所以我也跟著她來這裡念書。每天五點半出門，到學校的路程要一個多小時，媽媽開車時我常在後座不小心睡著，有幾次我發現去學校的路上身體格外輕鬆，到校後才發現原來是我根本忘記背書包出門。與上課有關的記憶我記得的很少，倒是記得很多與課本無關的事情。

我記得學校旁的山，夏天炙熱的太陽，樹上的蟬，溝裡冰涼的水，整個夏天都是我們的遊樂場。我們不比誰的成績比較好，我們比的是誰盪的鞦韆比較高，誰抓的蟬比較多。下課十分鐘很短，但那時沒有這樣的感覺，每一秒都活得很立體飽滿。每個人都知道全校每位同學的名字，那是一種很奇妙的體驗，長大後再也不曾在群體生活中感受到的親暱。

有些同學就住在這座山上，我們會在太陽將泥土晒得很熱的時候脫下鞋子，在山裡追逐。有時大人會幫我們找一些乾柴把土塊燒紅，我們會把地瓜埋在地下，等待它的香氣從土裡冒出的野性魔幻時刻。感受風輕撫我的髮絲，感受隨風搖曳的葉子，蝴蝶在原野中毫不羞澀地綻放自己，我在夕陽下擲石頭跳房子，在飛機滑過天際時許願，並相信它會成真。

你說一就是一，我說二，你也就信了是二。
玩捉迷藏時還沒喊到一，絕不睜開眼睛。
天空是藍色就是藍色，你說的每句話都是真的。

烟花

烟花是我搬到上海住後遇見的第一個颱風。家裡沒有電視只有投影機，白天我喜歡有自然光照進屋內，我都不會拉窗簾，這麼亮的情況下，投影機投出的影像顏色很淺，我總是看得很吃力，更降低我看電視新聞的頻率。

以為今天也只是一個普通的陰天，直到下午我發現雨有轉大的趨勢，路上行人也變少了，我突然想起應該要去買一把傘。手機傳來朋友的關心訊息，問住的地方是否一切安好，我才知道有一個從台北來的颱風正在逼近上海。

我不討厭颱風天，小時候甚至覺得它是幸福的時刻，因為如果停課就不用上學。有時颱風比較猛烈，下午的天空就和傍晚一樣漆黑，我們全家人會聚在客廳一起看氣象先生任立渝講解颱風動態，他總讓我想起Tom

Hanks，可能是因為他們身上都有一種與生俱來的可靠威信感。

另一個颱風天才能享有的福利，媽媽會允許我跟妹妹吃泡麵。她會把維力炸醬麵煮成湯的，在裡面加蛋跟青菜，太美味了！我一直到長大後才知道維力炸醬麵是乾的。如果電視剛好在播周星馳的電影，爸爸不管看過多少遍，一定還是會放下遙控器繼續看。

思緒回到上海的家，我開始聽見窗外呼嘯的風聲。烟花看起來還要待一陣子，它還真是徒有虛名，不當稍縱即逝的存在。我打開手機，想試試看外送買菜的程式，發現就算現在買，訂單的配送時間也得到明天，顯然我還沒掌握在這個城市生存的節奏。

想起櫃子裡還有一包泡麵，冰箱也還有蛋。我走去廚房，想為自己煮一碗跟家有關的颱風天回憶，我望著鍋子裡沸騰的水，為自己倒了一杯梅酒，慢慢啜飲。

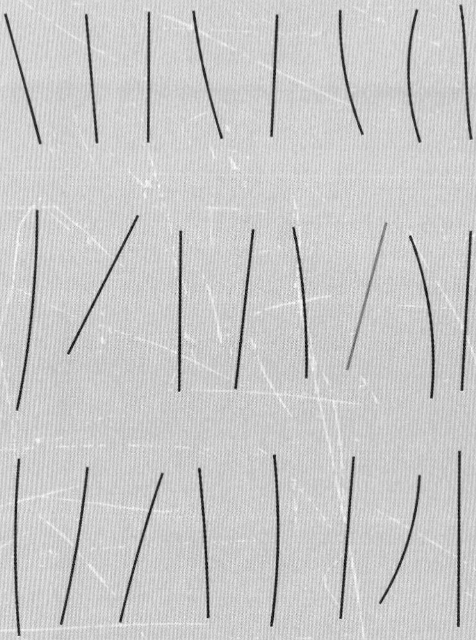

春

我多想隨遇而安
不管到哪都不慌張
無論明天是快樂或悲傷
都能喜歡我原來的模樣

內向者的寫歌

我是一個比較內向的人，小時候有段時間，連去便利商店買東西，都不太敢跟收銀員對到眼。國三考基測前，爸爸送給我一把吉他，那時我只會四個和弦，我用它寫了人生的第一首歌〈我很累，可是我很快樂〉。先不聊歌的好壞，寫完它我好興奮，我好像找到新的表達方式，找到一個永遠可以讓我抒發心情的樹洞。那時每天最期待的就是放學回家，可以一整天不說話躲在房間塗塗寫寫，哪怕寫出來得東西完全沒有意義，也很快樂。

爸爸後來看我越來越認真，又送了我錄音卡帶跟麥克風，我在房間裡學會錄自己的demo。那時也不知道哪來的信念，就是盲目的覺得想要寫一張自己的專輯，更多時候是處於一種自得其樂的狀態，反正有一件事可以讓我廢寢忘食，做做白日夢也很開心。

高一的我成天幻想，嘗試模仿寫過很多種音樂風格。我也把自己錄的一些demo寄去唱片公司過，但都沒下文（可能真的不好聽）。那時ＦＩＲ好紅，我想那來試試看樂團好了，也寫信應徵過樂團的女主唱，但都沒收到回信，我記得還難過了好久。

那段時間在寫歌的路上沒有朋友，我一個音樂人都不認識，認真考慮過放棄，寫歌就當閒暇的生活調劑。簡單生活節的創作比賽，讓我在沒有準備好的狀況下給了我人生第一個轉折，我在那個比賽後遇到我音樂上的父親李宗盛大哥，當時只有十七歲，但從此之後，反而對要不要寫歌，要不要當歌手這件事更謹慎，我開始沒那麼篤定了。

大哥總是唸我世界太小，要去體驗更多事情，談更多戀愛，與更多人交流。我在畢業後去北京待了一段時間錄第一張專輯，那段時間帶給我很大的衝擊，第一次在陌生的城市裡深刻的感受到生而為人的渺小以及面對未來的茫然與恐懼，我不知道明天在哪裡，害怕停滯不前的自己。氣餒過很長一段時間，曾經有半年的時間我恨透寫歌，那時看到鋼琴就煩，我是在極度缺

安好誌

乏安全感的人生低谷期寫了〈是什麼讓我遇見這樣的你〉，從來沒想過這首歌後來會變成那麼多人喜歡的歌曲。

當業餘興趣變成職業時，所有事物肯定不像剛開始在房間裡寫歌那麼自由了。直到現在，每寫一張專輯都還是像死了一遍，總在寫不出歌時很焦慮，寫出喜歡的歌時又很興奮，痛苦時常與快樂交織，寫歌讓我在極度的矛盾裡，獲得極大的成就感。

我是一個緩慢的人，總是需要時間沉澱，可以很快寫十首我自己都不想聽的歌，也可以寫很久，只為了寫一首真正喜歡的歌，但沒有人知道哪一種對職業生涯更有幫助。只知道寫歌讓我的世界變寬，讓曾經極度內向的我，有了表達欲去愛世界，它讓我變得更勇敢、更誠實，也讓極度不善交際的我，擁有了朋友，擁有了更寬闊的生活。

水逆期間的樂觀

這幾天是連續假期，和朋友約好在杭州碰面。我沒想到假期期間的高鐵票這麼難買，我只排到候補座位。星象顯示這一個月是水逆期間，我不是迷信的人，但幾乎所有原定的計畫都在不斷推遲，當一切已經超出努力就能控制的範圍後，我決定這個假期不再做任何計畫，買不到票就待在家，該怎麼樣就怎麼樣。

我還是買到車票了，這意味連續假期，我要出門探險了。上海離杭州很近，車程不到一小時，我查了下家與高鐵站的距離，算了下車程時間，簡單整理完行李就出發去高鐵站。我低估了連續假期塞車的情況，眼看時間一分一秒過去，我開始擔心趕不上兩點的高鐵。司機問我願不願意換一條路走看看，他改載我去虹橋機場，我再從機場走路到高鐵，他說這樣至少可以節省十五分鐘。我有點猶豫，因為我是路痴很怕迷路，但時間緊迫，我也沒有其他選項了。

到了虹橋機場後發現高鐵站真的離得很近，直直往前走很快就能走到。我跟司機道了謝，關上車門馬上跑向高鐵。今天人實在太多，雖然還有一些時間，我還是得在檢票口關閉前穿越一大片人海。我在車離站的前一分鐘趕上，但我把車廂的位置看反，人真的會在急躁時做出錯誤判斷。我從第一車廂走到第八車廂，穿越滿滿的站票旅客，流了滿身大汗，總算找到我的座位。

抵達杭州後又是另一場混亂的開端，我與叫車的司機約在一個露天停車場碰面，但那個停車場，車只進得來出不去。很多司機已經困在裡面一個多小時，並且沒有人知道什麼時候能出去，有些人已經在車頂上開始抽菸聊天，我只有一種方式能出去，就是放棄搭車用走的離開停車場。我對司機大哥有些愧疚，因為來載我，他被困在這裡，雖然不是我的問題，我還是給了他一些錢，抱歉的跟他說我可能無法繼續等，得先離開了。

我穿越凌亂失序的車陣，重新找到出口。天已經黑了，我走到桔子水晶酒店門口重新定位叫車，沒有留在原地就行。

青春消散在安地斯山脈

我們像對方的一面鏡子，映出的不是相似的樣子，是對比的樣子。十四歲認識妳，當時妳坐在我前面的位置，很黝黑。如果我是寒冷的北方，妳大概就是溫暖的南方。一個暖色調，一個冷色調，像對比色，非常不同，又異常相似。

小時候遇到難過的事時，我傾向沉默的把心事藏在心裡，羨慕妳的直接，表達情緒在妳身上特別容易。妳的難過很短暫，就算失戀，也沒什麼療傷期，妳很容易看見別人的優點，愛情來得快去得也快，感覺沒有任何人事物可以阻擋妳往前的模樣，妳很有野心，從不拖泥帶水。青春期當很多女同學開始討論怎麼化妝、下課要去哪逛街時，我們常覺得無聊，能避開的活動就盡量避開，常躲在圖書館，妳念妳的書，我沉溺在一本又一本的小說裡。

妳很容易感動，我很容易冷漠，妳很會付出，而我總是被照顧的。

妳出生在四月，所以四月是妳的名字。是不是人在哪個季節出生就會有那個季節的特質呢？妳的個性像春天一樣，任何時候都很有朝氣，我出生在秋天，總是會有一些時候沒那麼陽光，心覺得清冷，卻又說不出原因。大概就是太不擅長表達才會想寫歌吧，感覺寫在歌裡的情緒都自動有了保護色，我可以不承認故事是我的，再爛都不是我的，羞愧也不是我的，聽歌的人分不清什麼是我，什麼不是我的，這種讓人看不清楚的情況讓我覺得自在，大概因為如此，我才會愛上寫歌吧。妳一直是最支持我的朋友，也是第一個聽過我歌的人，人生最重要的那場創作比賽，也是妳陪我去的。

離開學校，各自開始不同的生活，我們都很希望離開台灣，都選了一份比較容易有機會旅行的工作。回想起來，我好像從沒弄清妳到底是在做什麼，只知道妳後來在很多不同的國家住過，見過幾個妳不同國籍的男友，也沒怎麼放在心上，總覺得那是妳冒險的一部份，我知道無論在哪裡，妳都會把自己照顧得很好，就算妳心碎我也不擔心，有些人天生就很讓人放心。

我一段戀情的時間，可能是你四段戀情的總和。曾問過妳，為什麼能這麼輕鬆的結束又毫無保留的愛上新的人，我好羨慕，我太難欣賞別人，又太脆弱，妳一直是我最想成為的樣子。

＊＊＊

飛機飛得很高很遠，轉了三次機，終於到智利了。見到妳第一句話不是問候不是擁抱，而是問妳吹風機在哪裡，就像小時候一樣，被妳照顧著。

我們的友情沒有因為職業不同有隔閡，也沒有因為距離疏遠，煩惱時第一個想傾訴的對象還是對方，我們是那種很適合遠距離的友情，沒事不打擾，但有事就算有時差也不怕吵醒對方。一直很希望交往的對象跟妳也能輕鬆相處，想一想，某種程度我從小就對妳比較依賴，感覺如果妳也喜歡我交往的對象，我會比較有信心。當然總是事與願違，大部分的時候，妳都比較看不懂我的選擇，但我覺得這是我們可貴的地方，也許就是看不懂，友誼才

會長久，我知道妳都會在，無論我做什麼樣的選擇。

當歌手後，我有很多機會可以穿上漂亮的衣服，畫上美麗的妝，但卸妝後，我還是要回到自己的生活，世界總鼓吹人們要勇於改變，因為不進則退是吧？況且有好多精采的事物等著去發現，日子有時會熱鬧到讓人覺得擁擠，看不清自己的心，但每次跟妳聊天時，妳的存在總會提醒我初始的模樣。我還是那個愛穿拖鞋去上課的女生，不修邊幅有時有點神經質的女生，會蹺課和妳躺在草皮上談論未來的女生，只是現在我們談論的內容不太一樣了，開始談工作、談存錢，不再談不著邊際的戀愛，夢想很少說了，妳也要結婚了。

我一直知道妳會比我早結婚，妳一直很嚮往家庭。婚禮前，妳和我們住在同一棟小別墅，大家各有各的伴，等他們睡著時，我們三個最好的朋友靜靜的坐在沙發上像從前一樣聊天。妳說妳從沒想過會嫁到這麼遠的智利，邊說還邊幫我改我訂錯的國內線機票。後來我們去了最北的沙漠，又到了最南的冰河區，安地斯山脈橫跨了南美，氣候反差很大，跟我們的友情一樣，跨越了整個年少和成人時光的無常。

我們的故事好難寫，妳是我整個青春的樣子。偶然聽到妳在講公事的電話，大概只有那一瞬間，我才發覺妳的語氣真的和小時候不同了，我想妳早就明白長大這件事，所以很懂得珍惜那些還留在生命中沒被淘汰的人事物。

妳的母親在婚禮前跟妳說的一句話讓我哭了，她說：「我們是小魚缸，妳是一條大金魚，我們裝不下你，可是我們還是包容妳。」妳的爸媽應該也很捨不得妳嫁到這麼遠的國家吧！小時候覺得冒險才是勇敢，長大居然覺得定下來才是最需要勇氣的。

看著妳父親陪妳慢慢走進禮堂，我感覺一切都沒變，但好像什麼也都變了。很替妳開心，黃昏很美，妳幸福得很美，但我感覺我們的角色對調了，妳變成曾經安定的我，而我變成那個愛冒險的妳。明白每個人都有自己生命的週期，我還在路上，沒有在尋找什麼，只是還在感受未知。

Eurasian Publishing Group
圓神出版事業機構
用心與你對話・視野無限寬廣
圓神出版社
Eurasian Press

www.booklife.com.tw reader@mail.eurasian.com.tw

天際系列 008

安好誌

作　　者／白安
封面繪圖／蔡安騰
內頁插圖／白安
內頁攝影／白安
發 行 人／簡志忠
出 版 者／圓神出版社有限公司
地　　址／臺北市南京東路四段50號6樓之1
電　　話／（02）2579-6600・2579-8800・2570-3939
傳　　真／（02）2579-0338・2577-3220・2570-3636
副 社 長／陳秋月
主　　編／賴真真
專案企畫／沈蕙婷
責任編輯／林振宏
校　　對／林振宏・吳靜怡
美術編輯／林雅錚
行銷企畫／陳禹伶・林雅雯
印務統籌／劉鳳剛・高榮祥
監　　印／高榮祥
排　　版／杜易蓉
經 銷 商／叩應股份有限公司
郵撥帳號／18707239
法律顧問／圓神出版事業機構法律顧問　蕭雄淋律師
印　　刷／國碩印前科技股份有限公司

2023年3月　初版

定價 410 元　ISBN 978-986-133-863-7
版權所有・翻印必究
◎本書如有缺頁、破損、裝訂錯誤，請寄回本公司調換
Printed in Taiwan

只要還在生活裡，每一天都值得細細體會，練習安好。

——《安好誌》

想擁有圓神、方智、先覺、究竟、如何、寂寞的閱讀魔力：

- 請至鄰近各大書店洽詢選購。
- 圓神書活網，24小時訂購服務
  免費加入會員．享有優惠折扣：www.booklife.com.tw
- 郵政劃撥訂購：
  服務專線：02-25798800　讀者服務部
  郵撥帳號及戶名：18707239　叩應有限公司

國家圖書館出版品預行編目資料

安好誌／白安 著. — 初版. — 臺北市：
圓神出版社有限公司，2023.03
192面；14.8×20.8公分（天際系列；8）

ISBN 978-986-133-863-7（平裝）

863.55　　111022006